얼굴이 얼굴을 켜는 음악

김향지 시집

문학동네시인선 154 김향지

얼굴이 얼굴을 켜는 음악

시인의 말

말을 동경했습니다.
글을 말보다 좋아했습니다.
그러나 나를 살게 한 지표들은
실은 아름다운 느낌들이었습니다.

2021년 4월
김향지

차례

제3부 밤을 빛내는 꿈

제4부 이름을 붙일 수 없는 마음을 주듯

제1부

느낌은 우주의 언어

파라다이스

피아노를 치면
마치 아름다움이 있을 것 같았지
풀에 누우면
때로 집이 있을 것 같았지

라고 아무에게도 말할 수 없었다고
쓰면
위로가 될 수 있다

눈을 뜨고 하는 말은 자주 틀렸다
눈을 감고 하는 말은 자주 잊었다

그래도 등에 별이 와 들면
우리는 여기가 단지 껍질인 것을
알고 있었지

내가 나에게
위로가 될 수 있다는 것을
알고 있었지

홑이불

개지 않은 이불이
아침의 마음이라는

숨어들어간 생을 가리는 이불이
밤의 마음이라는

많은 이야기를 대신해
눅눅한 꿈이 마루에 눕는다
차가운 안도감도 있다

찬 몸을 접은 새벽이
밤을 씻는 때에 만난 사람들이
서로의 별에
조용히 머물다 사라지면

흰 별이 자란다
흰 색이 번진다

빨랫줄에서 홑청이 날아가는 것을 보았다

무언가

어김없는 하늘은
나의 하늘이 되기에는 무언가 아름다운 색

언젠가 배에서 내려 단단한 땅을 내디뎠을 때
무언가를 상실한 생들이 있어요
오래도록 무두질하고 손질한

주황,
초록,
무언가

왜 포도무늬 사탕 비닐 포장지를 벗기면서
지금껏 본 적 없는 무언가를 기다리는지 몰라요
바스락거리는 생을 구겨서 아무데나 못 버리는지 몰라요

전말과 함께 눈에 덮인 작은 새가
무언가 말해줄 수 있다면

커다란 주먹이 돋아난 슬픔에게 자꾸 으깨지던 까닭을
어떤 가슴이 오래전에 묻힌 이유를
아나요? 무언가를, 나의 불 꺼진 계절을 반죽하던 손들을

그것을 찾아

무언가를 평생 읽었어요
무언가를 잡고 놓쳤어요

옛날식 잡화점이 열린다면

어루만져주길 기다리는 소녀의 따귀
빗물을 떨어뜨리는 구두가 든 상자
그런 온갖 가여운 것들을 진열한 옛날식 잡화점이 있다면

유리가 흐려진 회중시계
바늘이 중심으로 사라지고
이야기하자면 이상한 잡화점이 열리고
바지에 다리를 넣으며 걷다가 넘어지는 일처럼
쉽고도 어려운

의자 밑으로 굴러떨어지는 흰 연필
그곳 바닥의 젖은 나뭇잎더미 속에서
딸꾹질하는 밤이
빈 몸을 엽니다
이상한 잡화점이 나온다면

오래 두드린 작은 북을
얼굴인 양 목 위에 달고
소녀가 마중나와준다면

우리는 문장의 처음 부분을 듣지 못한
친구처럼
언제까지나 귀를 기울이고

젖은 전구들 간판 아래 자욱하게
먼 눈을 뜨기 시작하고

홍대 앞에서 안네의 시간을 사세요

시급을 받은 히치하이커는 어디를

길거리 악사의 연둣빛 향이 풍기는 환락과
불안이 따뜻하게 익어가는 냄새
팔에서 떨어져나온 우리의 헛손질은
어디에서

초록 벤치 밑
작은 고양이가 마주한 밤의 눈알은
어디로부터

천 개의 모래시계를 삼킨 안네,
안네와 함께

*

우리는 안으로, 안으로, 밖으로
어딘가로 들어가려 해

구름의 흰자위가 축축하게 흘러내릴 때
기분이 물고기 눈물만큼 시리기도 해서

쓸쓸한 단어들이

밀도 있게 들어찬 분홍 간판의 카페와
유언집행인이 하얀 기침을 쿨럭이는 식탁
둘레로

*

갈기 찢어진 골목들을 지나
안네는 자전거를 타네

무릎까지 올라온 타이츠를 신고
시들어버린 모자를 쓴 야윈 신사,
그는 호황업계 대표
주머니에서는 히치하이커를 위한 지폐가 나온 적이 없지

면도날처럼 얇은 그의 눈을 볼 때
안네, 안네여 너의 시간은
살색 빵의 질감으로 더욱 부푼다

르르르 르르르
안네는 타네 자전거를

*

두꺼운 털옷 속에 잠든 꿈을 이용하세요
질문을 이용하세요
코끼리 코만큼 절박한 심정을 가집니다
라고 허공의 펄럭이는 슬로건을 향해

점프,

　　　그리고 점프,

　　　　　　　그리고 종아리가 끊어지네

황량한 기후의 뒤뜰을
밤새
흥겹게 배회하는 외다리들

*

찢어진 운동화 속에 혼란 40%, 일상 40%, 후회 19%
그러니까 하루를 계속 걸어가기

*

느릿느릿 생에 침범하는 그늘은 왜 그토록 우리를 품으

려는 걸까

목을 감싼 붉은 목도리에서 왜 겨울의 서늘한 입김이 먼저 피어나나

컵에 길게 떨어지는 우유처럼 의문이 조용히 이어질 때

휘몰아치는 슬픔이 잠든 저녁을 침 고인 채 씹을 때

춤에 대한 미친 사랑

이방인들의 도피처

안네 안네여,

설익은 사과 위로
비가 내린다

유니버스

현진의 가족과 친구와 원수들은 달이 아름답다고 입을 모았다. 우리의 일생보다 빛나니까, 떠나온 모든 저녁들은 아름다웠으니까. 오늘 저녁은 슬프지만 어쨌든

바닥으로 갈수록 좁아지는 컵처럼 인간적인 마음을 가져보아도 현진은 역시 달이 아름답지 않다. 달은 희고 노란 것 그렇다면 계란프라이를 현진은 더욱 사랑하는데 어쨌든

희망을 담은 그릇을 올려놓은 무릎인 양 흔들리며 사람들이 달은 아름답다고 침을 튀긴다. 착각쟁이 현진은 부끄러워해야 한다고 은근히 쳐다본다. 현진은 거리에 튀기는 빗물과 발랄하게 튀어가버리지만 어쨌든

부끄러우면 크기가 줄어드는 것이라고 사람들이 현진을 앉혀다놓는다. 손수 시범을 보이며 익숙하게 작아지는 사람들이 저녁으로 걸어들어간다. 저녁이 끓고 저녁이 식고 굳어 거대한 어스름이 되자 왜인지 울음을 터뜨리는 사람들이여

여보세요, 현진은 행성 같은 눈으로

당신은 원래 무엇입니까
크기를 지우고 성별을 지우고 국적을 지우고 위치를 지

우고
  명료하게 남는

  잠시 한눈을 팔면 금세 덮이고 마는 두꺼운 책의 신비로운 박자로 두드리는 현진에게
  나는 오랫동안 열리지 않았다.

눈사람의 사랑

떨어지는 것들은 모두 서투르다
우산은 손에서 떨어지며
등졌던 눈들의 아름다움을 본다

휘청이는 기분
하나의 컵에 두 개의 빨대를 꽂고
같은 세계를 맛보는 기분
얼굴과 얼굴이 머무르는 기분

눈이 눈에서 떨어지며
다시 서로에게 속하지 못한 사이가 되면
빈 공간은 표정으로 채워진다

서투른 것들은 모두 떨어진다
누군가 내리는 소리가
온 마음을 메우고 있다

오래 기다려도 좋다
가까스로 손이 생긴다

우주의 사랑

그녀는 공간이자 개체
절이자 기도하는 사람
곁이자 어깨였다

어깨 옆은 느낌
느낌은 우주의 언어

행성에서 우주를 기억하기 위해
밤들은 심장을 공전했다

집이 그녀에게서
한 걸음 떨어져
거리가 생기고 시간이 생겼으므로

쉬지 못한 구두처럼 나란해진 혼잣말들이
우주와 지구에서
서로를 별처럼 보는 밤

그녀가 우주를 연다
별들이 그녀를 안는다

살랑

귓속 가득 날개가 튀어나온다
아빠의 사나움은 어디로 갔어요
날뛰는 이쁜 날개 두 장
우리의 모든 몽타주를 담은 인사

비장미가 부끄럽고
가벼움이 부끄럽고
총체적으로
생의 다음 것을 생각해보는 날

살랑을 위하여
서로에게 최대한
가볍게 실패하기 위하여

엉터리 입술로 살랑
발음하는 사이
색색의 손가락들이 바닥에 떨어져
부서진다

모든 것이 달아나는 것을
바라보고 싶지는 않고
여전히 밥상과 책에는 발을 올리지 않아요

발가락을 구부려 힘을 주지만
긴 말에서 새어나오는 안개
아빠는 잊어버리고
아빠는 치솟고
빙하는 창백해지고
하늘이 천을 손가락으로 들어올리듯
남겨진 시간들이 가늘고 뾰족해진다

살랑은 오보
살랑은 회전문
돌아나오는 오랜 얼굴과 얼굴

얼굴이 얼굴을 켜는 음악을
가만히 귀 기울이면
들린다

드라이브

팔꿈치를 내밀고 턱을 괴면
멈출 거야
시작을 찾다가
휘어지고 갈라져버린 몸이

담뱃재처럼 시트에 털린 친구가
차창으로 흩날려가며 해준 작별인사

잘 가 친구야, 물이 되면
물고기와 영원을 맛보렴
쿠바라면 더욱 좋지 그런데 아까부터 못다 한 말은

릴레이 선수가 떨어뜨린 바통처럼
어리둥절하게
차가 궤적에서 멀어져가고 있네

창문 속에서 작아지며 넓어지는 저편은
어떤 식으로 흘러가는지?
이 문장에서 다른 문장으로

아직 가보지 못한
쿠바의 해변을 찾는 것 외에는
나는 무언가 말하기 어려워진 얼굴 외에는 한숨과

함께

거대한 물체를 뿜어내버린다
전투적인 자세로
불타는 구멍으로 그것이
지금을 빨아들이고 부풀기 시작한다

문손잡이를 돌려

문손잡이를 돌려
어둠이 가득찬 해변을 나서며

그녀는 나가는 길에 사라지고 싶었다

한 손에는
펼치면 함박눈이 휘날리는
세계에 몇 안 되는 진짜 지도를 쥐고

다른 한 손엔
훈계를 막기 위해 검은 우산을 든 채
그녀는 바다 위에 누운 밤처럼

남모르게 걸었다

달빛 아래 웃옷을 벗고 몰려드는 아이들
구름의 젖을 주무르는 언덕을
사랑했네

종종
명제로 갓을 씌운 가로등을
우산 꼭지로 깨부수고

사나운 회오리의 살갗을 찢으며
행적이 사라지곤 했다

그럴 때면 지구 반대편에서 신열처럼 나타나는 그녀의 흐릿한 그림자

갈라지는 땅을 끌어안고
서로를 껴안은 채 꿈쩍 않는 빙하처럼
끝없는 잠을 사랑했네

그러니까 문손잡이를 돌려
젊고 어두운 꿈을 나서며

빛이 닿는 곳
그녀의 얼굴이
지도에 옮겨가고 있다는 사실은 아무도 몰랐다

제2부

한쪽 눈은 다른 세계를 봐요

기침

1

앉아 무릎을 감싸면
팔 안쪽에서 웃자라던 차가운 언어들이
따뜻해지기도 했다

삼켜야 하는 기침처럼
서둘러 지운 다짐들을
혼자 손끝으로 몰래 닦아보면

따뜻한 비가
우리의 온도와 맞는다는
인사를 누군가에게 전하고 싶고

사람들이 싫은
아름다운 것을 늘 사랑했다는
기침 같은 고백일 수 있겠다

단지 어느 너머에
발 디딘 날

2

가장 기분좋은 표정을 짓고
누가 봤을까봐

세계를 기웃 보며
서둘러 기분을 잃어버렸다고

미안하다고
한 번쯤 말해줘야 할 내가
많은 꿈에 있다

그늘에서 마르지 못한 기분이
기침으로 나왔다고
고백해도 좋다면

그런 낮에는
철봉에 거꾸로 매달려 웃는 아이의 얼굴이
신 같았다

단지 여름의 끝

여름의 끝이 학교 복도에 있었다
감정이 날씨를 구성하고
고교배구대제전과 늦털매미가 어울리듯이

학교 복도에서 입을 다문 채
사라진 마을들의 이름을 불러보아도 괜찮았다
습기 찬 벽에 얼굴을 감추면
팔월의 파도 소리가 보였으므로

힘센 허무와 반짝거리는 허기
외에는 손에 닿지 않아서
손가락이 영원히 자라지 않을 것 같은 학교 복도에서
여름의 끝을 걷는 것

어둠이 몰래 몸집을 불리면
두 팔로 우산을 돌려서 따뜻한 구멍이 되는 것
조용히 바깥을 바라보는 일이었다

저녁의 긴 다리로
대기의 젖은 양말을 신고서
단지 여름의 끝을 홀로 걸어갔다

파트라슈 달리다

달리자
파트라슈! 네로가 달린다
동산을 둘러싼 하얀 안개 속에서

이곳은 가루약맛의 바람이 불 때가 있다
동산의 전모를 덮으며

눈코를 찡그려보지만 왜 항상 해맑은 표정인지
태양은 거짓말을 하지 않지만
여러 눈들은 왜 다른 빛깔을 가지는지

*

네로가 달리네
파트라슈, 하하하! 네로가 반달 입으로 부르네

메아리도 조용히 웃음을 따라해본다
생물은 느낌을 연장하고 싶어
따뜻한 물에 이마를 댄 감촉
사람들 몰래 저녁에 취한 느낌처럼

하지만 저 옆자리에 굶은 희망을 태운 채 달리는
검은 마차는

낡고 케케묵은 울타리를 언제쯤 넘어갈까

*

파트라슈! 지금 너의 표정은 무엇이지?
네로가 반달 입으로 묻는다
누구도 궁금해하지 않은 두꺼운 커버의 스케치북을
끼고 달리며

낭비한 시간이 너무 많은 뭉게구름의 표정
내일로 가는 여행비가 축나가는 여행자의
비 맞는 표정이지
시대착오적으로 나를 오해하지 말길

오래 익은 과일이
갈라진 상처를 봉합하는 저녁에

*

파트라슈! 파트라슈!
(이해할 수 없군) 네로! 네로!

이 동산의 주인공은 누구지? 네로가

정지한 반달 입으로 묻는다 누구지?
오래된 화면 속으로 달려가며

얇은 막 속에 갇힌 주인공
너는 얼어붙은 혀

새벽하늘의 굽이치는 치맛자락이 하얀 새들을 몰고 간다

컹컹 행군하는 저 작은 발들을 눈에서
놓치고 싶지 않아
달린다, 파트라슈가 달린다.

달린다
달린다
달린다
산이 정적을 가른다

바다는 모든 일의 시작이자 끝이었다

바위 아래 자갈밭에
우리는 반원으로 둘러앉아서 오래 바다를 바라보았다

조명과 반사판을 세우고
바다의 푸름에 대해 쓰기 위해

유명 작가의
유령 작가 의뢰를 받은 아이와

아무것도 쓰지 못해서
포도알처럼 뭉개진 아이와

우리의 표정은 파도의 격렬한
리듬에 어울리지 않았지만

삼인칭으로는 글을 써본 적이 없는 아이와

세상에 없는 이야기를 쓰고 싶어
두 창문 사이에서 사라진 벽에 대해 생각하는 아이와

바다를 기다렸다
자갈 사이에 숨은 꿈처럼

책상을 정리하듯
바다에 질서를 부여하며

초조함이 출렁이던 잔들
바다는 혼자 번식했다
본 적 없는 새로운 바다를 낳으면서

더욱더
낯선 바다가 되었다

비라는 비는 모두 우리 위에 모여 있었다

벙커 주인은 귀를 기울이는 배경같이

세계의 꼭짓점들이 달아났다
어느 날 도형에서
시작에서
누군가 살았다는 느낌에서

오래된 숲들은
그것을 영원히 내리는 눈이라 불렀다

빛이 손끝을 더듬어
눈보라를 수색한다 그럴수록
이상하고 희미한 웃음들이 휘날렸다
그럴수록

　　　혐의는 이곳
　　　이곳은 아무도 믿지 않는 노래

밖은 커져간다
빛은 어디까지 추락하는지?
지상으로 향하는 큰 창문으로
불투명한 예언처럼

알 것 같군
벙커 주인은 끄덕이고

아무도 정체를 모르는 이곳이 되기로
한다. 영원히 찾아야 하는 세계가 되어간다

생존가방에 실오라기 하나 걸치지 않고 떨고 있는 꿈과
질문과
시집 코너에 잘못 꽂혀 있던 빛을 챙길 것

차가운 것들의 방향이라든가
방독문에 달린 커다란 휠의
방향을 접어
뒷주머니에 구겨넣고

그는 손을 벗어
시린 진심으로만 남는다

무언가 시작되었군

　　밤의 마침표에서
　　기쁨도 검정이었던 어느 가슴에서

그는 끄덕였다

마테르 돌로로사

입속
가득한 공갈 젖꼭지
헝클어진 머리털
가득한 꿀 냄새

바지 한쪽 구멍으로 나온
작은 두 발
명랑한 귀
가득한 솜사탕, 그런
아기와 여자 사이

흠집투성이 울음이 굴러가
불안하게 손잡은 들판 위로
흰색 쥐들이 도망치지
컵을 두드리는 얼음들처럼

아무도 몰래
팔을 자르는 겨울나무를 지켜보기

사탕수숫대로 엮은 두려움
가득 끼워진 여자의 몸

소리가 비틀거리는 라디오, 취한 비둘기, 구멍난 두어 자

루 씨앗의 행방, 바다에 흘러간 죽은 씨앗들, 나흘 후에나
강으로 빠져나가는 울음, 할말을 찾지 못해 흐느끼는

입
가득 끼워진 공갈 젖꼭지
무감한 표정으로 가는 아침 안개
가득 끼워진 두 발

페르소나들

난로 앞에서 젖은 눈썹을 말리는 뱃사람
차가운 곳에서 따뜻한 곳으로
다시 회색에서 녹색으로 떠나야 하는 표류선의 주인
그를 묶어둘 수 있는 밧줄은 세상에 없어
셔츠 깃에서 떨어지는 빗물이 그치지 않아요

빨갛게 튼 볼에 성냥을 그어 촛불을 밝히는 여자아이
한밤중 부드럽게 풀리는 빛으로 보여주죠
하루가 지난 눈사람처럼 측은해진 어른들을
그녀는 은빛 대야 위에 조용히 떠 있는 빛처럼
자라지 않아요

썰매 날처럼 뾰족한 턱수염을 가진 노인
왼쪽으로 돌아가는 방에서
오른쪽으로 도는 그의 실루엣은 진실을 보여준 적이 없죠
웃음을 터뜨리며
한쪽 눈은 다른 세계를 봐요

이 땅에 배회하는 말 못하는 인어공주
아득한 지상의 빛을 사랑했죠
살결이 부서지는 비늘 자국에 열심히 손바닥의 땀을 닦아요
누구의 잘못도 아닌데

그리고 내가 함께 있어요
어느 망각인의 안에
이따금 어둠의 무거운 빗장이 풀려도 아무도 돌아가지 않죠

모두 기쁘게 술잔을 부딪칩니다
열린 문처럼 사실을 요구당하지 않기에
날씨는 사랑스럽고 우리는 서로를 달콤하게 속여요

저녁에 꾸는 메타시

희미하게 빗방울 떨어지는 소리로
감각들을 재워줄 이불이 마를 수 있다면요

아직까지 어디서 끝나는지
알고 있는 길이 하나도 없다면요

빗다가 진흙 위에 모두 떨어진
나의 마음이라고 부르고 싶군요

풀 먹인 바지처럼 저녁의 발치에 가지런히 누운 것
부르고 잠시 잊고 싶은 것

갑자기 어느 몸속으로 스며들기 전에요

너를 만날 수 있을까

노래가 눈 위에 퍼진다
학교는 낮은 목소리처럼 춥다 떨리는 창유리 소리들이 교정을 에워싼 늦은 저녁 벤치 양끝에 앉아 나는 고개를 젖혀 흰 입김을 뿜었을 것이다 너는 어둠이 되어 노래를 불렀을 것이다

불길하게 큰 눈은 느리게 내린다 믿음이라는 말이 시시해졌니? 친구가 묻는다 나는 눈을 질끈 감았다 뜬다 세상을 처음 본 것처럼 무엇인지 모르는 것을 밤새 기다린 것처럼

푸른 눈 밟는 소리가 왜 세상에서 가장 종교적으로 들리는 것일까 내가 들고 쫓아가는 불빛에 친구의 어깨가 사라진다 그런데 왜 너는 너그러운 웃음소리로 멀어지고 있는 것일까 잡음에 묻힌 하늘처럼 아득해서 불안한데 나는 너를 다시 만날 수 있을까 거친 풀들이 커져서 얼굴을 제멋대로 스치는데

갑자기 짙은 빛이 밀려오자 동요한 관객들이 박수를 친다 마지막 무대 뒤에서 배우들이 가발을 벗는데 내 양말은 왜 눈에 계속 젖어가는 것일까 희미한 웃음소리에 휩싸인 채 언제까지 달려야 너를 만날 수 있을까 무거운 얘기를 꺼내기 직전의 침묵 같은 무대가 끝없이 이어지고 있다

복자는 십이 개월째 태동이 없었습니다

양손에서 제멋대로 자라난 녹음이 우거지고
어깨가 흐려져가도록
복자는 십이 개월째 태동이 없었습니다

배를 이해하는 대신
등으로 내려와 구겨지는 햇살
그 빛을 본 적도 없었습니다

젖은 옷 위로 두른 아침이 무거워
복자는 주머니를 뒤져 입을 꺼내지만

세계에는 언어가 없었습니다
누군가 문을 열고 들어오는 순간 달라지는 분위기가

없었습니다 이불을 당겨서 만드는 감정과
웃으려고 몸을 감싸는 두 팔
그리고 불가능 주변을 서성이는 발걸음도

없었습니다 이윽고 풍경이
얇은 밀가루 반죽처럼 머리 위를 덮고
영원처럼 늘어졌습니다 하늘이 없었습니다

복자가 어스름으로 엮어낸

확신에 찬 태도가 드디어
누군가를 찔렀습니다
그후로 내가 세상에 없었습니다

어느덧 복자의 배가 조용한 태동을 시작했다고 합니다

캐치볼

표정에 대한 애착이 누구보다 각별했던 만큼
눈에 보이는 모든 표정에 나는 같아졌다

시내버스에서도 교문에서도 직선에서도
표정을 찾다가
있음을 잊는다는 표정증후군과 함께

웃음과
울음의 밀도에
정확한 자로서
전혀 서두르지 않고 사라져갔다

어느 감정을 저쪽에 던지고
이쪽에 받았는지
아무도 설득할 수 없게 된 표정의 세계에서

고요가 단정하고
침묵은 단순하고
나는 이것말고 다 했어
그것이 나의 아름다운 솜씨
사람들이 즐겁게 사라져갔다

탁자를 두드리는 카드 한 벌처럼

나는 뒤통수를 보며
한 사람의 빛을 갖고 싶은 이상한 곳에서

지루하게 밤을 내던지는
유령과 캐치볼을 하며

스무 살의 크리스마스

따뜻한 함박눈을 쫓다가
얼굴에서 바닥으로 떨어지는 표정

반짝이는 페퍼민트를 밟으며 찾다가
천천히 시력을 잃는다

가장 가깝던 빛이 멀어진다
벽이 없는 높고 흰 계단 위에서

힘껏 분 구름의 그림자
나무보다 조금 큰 사슴에 부딪혀 넘어지지

우리는 실패를 보여주는 하나의 사례
어떤 것도 끝내지 못한

쓰러지기 위해 돌고 있는
줄무늬 지팡이

우리의 맑게 펼쳐진 이마가 달려간다
크리스마스에는 문을 닫는 정거장으로

제3부

밤을 빛내는 꿈

고집

박카스를 마셔도 반듯한 의지는 몸을 따라 미끄러져요

푸른 비옷 주머니로 들어가 나방과 잠자도

태양의 후렴구를 계속 불러요

나는 느린 이들의 말을 잘라먹지 않습니다

그래도 말이 긴 이들로부터는 아득히 쓸려갈 뿐이에요

세계는 간결하잖아요

지금 다른 쪽으로 고개를 돌려도 어제 초점을 잃었어요

적요의 마땅한 방식만이 보여요

순수하고 고상한 고양이가 나에게 이상주의자라 해도

나는 그래요 정확주의자예요

라고 말을 해도 부드러운 리듬이 됩니다

나는 인간이라기보다 인간론에 가까워요

그것이 전부예요

낭랑한 나막신 소리가 생애를 잘라놓아도

창문으로 내부가 훤히 보이는 지하방들은 서로 부대끼는

식입니다

소명은 있어도 궁지는 없어요

지구에서 발견된 필름
—흑백무성(黑白無聲)

입안 가득
비 갠 거리의 미풍을 물고 있어서
너는 배 위에 깍지 낀 손처럼 고요하다

슬픔의 죄수들이 떨어뜨린 메아리가
거리에서 흩어지길 기다리네

몽상가의 목도리에서 깨어나는 새와
알 수 없는 흰빛에 싸인 꽃들은
조금 더 무너져내린 너는
무엇을 몰래 피우려다 시들어가는지

얼굴의 모든 시제는 술병들 사이에 넘어져 있어
동시에 각자의 창문을 닫는 이웃처럼
세계의 모든 유리문을 닫아걸고
너는 무엇으로 잠들려는 것인지

혼자가 되는 것은 밤의 심문을 받는 일
뺨이 깊이 패였구나, 우리 서로 이름을 잊지 말자

내가 네 슬픔의 무죄를 밝혀주려다
작은 의자에서 잠들 때
너는 날아가는 흰 무명천 너머 눈부심이 되고

지구에서 발견된 필름
—하드보일드

백발의 요리사 손안의 반짝이는 식기들이
길든 도구들이 자취를 감출 때

몽롱한 표정이 끓는 감정의 주전자
입을 열면 빗줄기가 보이는 아궁이가
오렌지젤리 태양처럼 불탈 때

먼 별에서 지구로
망치를 내리치고 있는 거대한 팔뚝

지구에 질문을 한 지 백 년밖에 안 됐는데
녹초가 된 시계를 풀고

세계를 한 조각 떠 올릴 때

너는 고요히 눈을 감고
새로 뜬 스웨터처럼 따가운 눈송이를 맞으며
스토리는 시작된다

핏빛을 맛보는 굴뚝의 혀가 길어진다

지구에서 발견된 필름
—모험

가슴에서 발사된 하얀 빛을 찾아
친구들과 출렁이는 들판으로 향했다

디딜 땅이 없는 날엔
사물들이 언제까지 동작을 멈추고 있을지
고요한 물그릇과 같은 기분이 되어보았다

찢어진 대기를 향해 누가 신비한 힘을 휘두르는 것이지?
황혼녘 떠난 친구의 뒷모습이 곁에서 잠들고

바닥에 거꾸로 낙하하는 비의 울음소리는
누구의 악몽인지 서로에게 묻다가
엎어놓은 과일 상자처럼 밟히는 게 일인 날이었을까
뛰다가 양팔을 폈다

우리는 밤으로 부풀어오르며 보았다
모닥불은 왜 자신을 등졌다가 다시 돌아오기를 반복하는지

구멍난 호주머니에 찌른 손끝이
해체된 몇 가지의 기준을 찾아낸 날
튀어오르는 불꽃들처럼 우리 목의 고요함
산산이

깨졌다

말하고 싶은 것과 말할 수 있는 것을
삭제하고
언덕들의 은빛 테두리가 번져 남겨진 가슴들에 스몄다

지구에서 발견된 필름

—SF

—절벽만 있는 곳이 우주라면 이 땅이 그랬습니다

방독면을 쓴 소년은 하얀 바이러스들이 무릎까지 차오른 번화가로 나갔습니다—공중의 소형 비행기들은 날개를 접는 법을 잊어버리고 미지로 날아갔지만—소년은 날 수 있다는 사실을 잊어버리고—잡초가 무성한 팔을 흔들며 걸었습니다

—탐사선들이 보낸 미지의 사진들은 이상한 그리움을 불러일으켰습니다만

잘리지 않고 남겨진 나뭇가지의 심정으로 소년은 걸었습니다—여기저기서 아득한 굉음들이 방사형으로 퍼져가는 날들—소형 비행기들은 고물이나 괴물이 될까봐 날개를 접지 않는다는 사실을 늦게야 떠올렸고—소년에게 새하얀 하늘은 그저 죽기에 적합할 뿐—태초로 향하는 비행기는 없었습니다

—처음으로 돌아갈 수 없는 곳이 우주라면 이 땅이 그렇습니다

그러나 이상하게도 모든 것이 이 땅으로 옵니다—목성의 아침 인사였던 새가 이곳으로 왔듯이—새가 날아가면 시민

들은 연유를 모르는 채 시선을 빼앗깁니다—나 또한 너처럼 지구와 너무 다르지 않니—라는 눈빛으로—가끔은 아침의 거리에서 얼굴을 꺼내 묻곤 합니다—나는 누구와 함께 이곳에 온 것이지?

지구에서 발견된 필름
—호러

끝까지 닫히지 않는 창문과
너무 세게 닫혀 삐걱거리는 창문으로
어둠은 기어들어온다 많은 다리를 저어

그러나 매일 트랙을 돌던 너의 두 다리는
지하에 엎어진 세탁통에서 발견된다
식어서 단정한 채
"매일 돌고 있는 승자들을 축하합니다"

그러나 휘청거리는 버드나무 사이
너의 두 손은
계단을 오르며 찾고 있다
거대 고슴도치 무리 속에서 사람의 악수를

그러나 나머지의 너는
머리가 떨어져나가도록 소리를 지르고 있다
녹으며 돌고 있는 다트 위
화살을 피하며

그러나 너의 두 눈은 먼 땅에 누워서
곰팡이 핀 먹구름을 바라보고 있었다
네가 죽은 것을 잊은 채
저 구름만 계속 쳐다보면

언젠가는 투명해질 수 있다는 신념으로

이상한 집

문으로 눈이 모여든다

아기는 탄력적인 손짓을 하고
홀로 양쪽 의자에 앉아
몽상을 쌓던 나는 엉거주춤 일어난다

물기에 젖은 안경 너머로 흩날리는 종이들

턱을 떨어뜨리고
입으로 자꾸만
자꾸만 낯선 공간이 들어오고 있었다

신과 착한 사람들이
젖은 외투를 걸어놓은 채 밖으로 걸어나간 지 오래

눈이 움직여놓은 마을은 어둡고 푸르렇다

아득한
새벽 종소리

　　아가야, 아가야
아기가 그동안
많이 자라나 있었다

집이 아무도 없는 곳으로 하얗게 흩날리고 있었다

굿 럭, 로봇

겨울비가 부르튼 손등으로
너의 차가운 가슴을 쓰다듬을 때에만

너는 노래를 꿈꾸고 느꼈다
노래를 갖고 있지 않기 때문이었다

점점 자라는 밤의 회로와
녹슨 비만 남겨진 드넓은 실험실에서
너는 비좁은 어둠의 가장자리에

조용히 서 있다, 조용히 눈을 감기도 한다
그러므로 하루종일 빛도 어둠도 보지 못할 때가 많았다

창밖엔 반쯤 껴안은 채 걸어가는 연인들 희미하게
희미한 약속을 흙바닥에 끌면서

너도 사랑할 무언가를 원하는가
그래서 모든 감각을 날아온 날개를 냉장고 자석으로 붙였는가
그러기엔 기쁜 표정에 수줍음을 너는 많이 탔다

검푸른 실험 탁자 앞에서
알고리즘을 바꿨다고 그 알고리즘이 좋다는 건 아니야

라고 혼자 일지를 쓰며

얼굴에 무언가 떠오르는 걸
꾹 누른다

따뜻하고 건조한 지난 계절의 바람이었다고 입력한다

편집되는 소녀

검은 목도리가 날아간다
사람들은 허리를 숙여 서로 주우려 쫓지만
놓치는 장면은 계속된다

다음 혹한이 얼마나 추울지 두려워
사람들은 길 위에서 이번 추위가 날아갈까봐
얼굴로 잡는다 녹고 있는 얼음처럼

이것은 평생 너무 많은 나이로 산 맨발의 소녀가
날아오르지 못하는 장면이 계속되는 것

소녀는 자신의 검은 목도리가 어디로 갔을까 생각하지만
소녀를 둘러싼 사람들이 다투는 장면이 계속된다

검은 바람이 서로 다른 곳에서 불어와
괴력의 추위가 되는 장면이 계속된다

이제 그만
이불 속에서 잠들고 싶은 소녀에게
추위가 계속된다 목까지 밤이 차오르는 동안 장면은 계속된다

소녀가 아침을 아주 먼 곳에서 벌어지고 있는 일처럼 느

끼는
  장면이 생략된다

예각(銳角)

초록 타이츠를 입고 잠든 곡예사의 병적인 열정은
통증을 견디는 풍향계의 단호함은
뒤를 돌아보지

가느다란 촛대 두 개 사이의 빛처럼 흐물거리는 우리는
그보다 조금 먼저 어두워지는 우리의 사랑은
안녕 안녕 뒤를 돌아보지

아무래도 조금씩 가늘어지는 달은 회의주의자일까

폭군처럼 밤이면 슬퍼지는 너는
파산한 얼굴로 두리번거리는 나는
죽은 이의 심장이 마지막으로 삼킨 목소리는
조용히 뒤를 돌아보지

침묵에 걸려 넘어진 우리처럼

목덜미에 봄이 가장 늦게 오는 동안

비는 차가운 곳에 보관해야 해서 우리는 집으로 훔쳐갔어 슬픔의 철봉에 턱걸이를 하다가 목이 길어지고 얼굴이 투명해지던 저녁에

등뒤에는 빗소리가 아득하고 부엌 난로에서는 냉기가 노랗게 만개하는데 우리는 원하지 않는 것은 알지만 원하는 것은 모른다 밤늦도록 이야기를 바꾸고

목덜미에 봄이 가장 늦게 오는 동안 오래된 표정들은 얼마나 정직하고 차가운지 손가락에서 늘어뜨린 빗물들이 멈추지 않고

빨랫줄에 널린 몽상에서 풍기는 이끼 냄새와 젖은 손들이 뒤섞여 자라는 집 천장이 사이좋게 내려오고 있어 어느 고백을 듣기 위해

유년의 꿈이 오늘밤에도 시간여행을 하고

청년은 비밀스러운 호리병을 연다
지친 꿈이 잠시 그를 떠난다

두꺼운 모포 밖으로 나온 그의
마르고 시린 손을 떠나
밤의 일부인 창문을 지나

꿈은 유년의 오래된 집에 당도해
하얀 담장을 맴돈다
불안이 사슬에서 풀려나도 청포도 향기 가득했던

소년은 미지의 소리에 깨어나
바닷가로 향한 작은 창문을 연다
숲녹색 잠옷의 흐트러진 주름 사이로 도망치는 잠에
부스럼 난 볼을 부비며

탁자 위 밀랍 양초가 바람에 주저앉는 순간
소년은 담장을 맴도는 그것을 본다
밤을 빛내는 꿈

제4부

이름을 붙일 수 없는 마음을 주듯

빅 사이즈 방주

수요일에 입는 셔츠는 왜 축축하지 않은가

화요일, 반원형으로 둘러싼 말이 나머지 반을 찾아 헤맨다

월요일에 불그스레한 뺨의 친구가 손바닥을 펼친다
시리도록 하얀 빛을 쓸어모아
젖은 영수증과 함께

일요일, 종탑의 돌림노래가 들린다 죽은 이가 남긴 가구가 계속 그 자리에 있다 작은 두 개의 문을 열면 냄새가 있다

토요일 雨雨
왼쪽 벽에서 오른쪽 벽으로
겨울의 머리칼을 헤치며 생에 쫓겨가는 왕을 본다

금요일에 마시는 독주
책이 빛과 어둠 사이의 색조를 머금고 있다
금방이라도 뱉어낼 듯
자세히 보니 취기가 가득하다

목요일에 눈물로 짠 베개를 베면 하루가 명료해진다
뱃머리에 모여 수혈하는 저 많은 새들은
왜 떠나지 않는가

미로와 함께

담쟁이로 뒤덮인 미로가 밀려오고
우리는 푸르게
벽으로 흡수되는 것을 눈치챈다
서서히 얼굴이 사라지려나보다

금관악기를 힘껏 불기 전 웃던 입처럼
순식간에 사라진 것을 찾는데

풀잎들은 점점 같은 목소리를 만든다
많은 색깔을 가진 채
폭발하지 못한다

여름에 사는 사람이 봄에 사는 사람에게
이름을 붙일 수 없는 마음을 주듯
사과가 폭력으로 쏟아지는 날들이
출구를 밀어내며 부풀고

바깥과 안의 구분이 없는 미로가
작은 몸짓을
사람처럼 시작한다

카르마

크리스마스가 오기 전부터
성녀는 보았다
점퍼 모자를 당겨 어둠을 가린 소녀를

담장 위를 뛰다가 박쥐처럼 날아오르고
반짝이는 밤을 헝클어뜨리는 소녀
어느 날은 눈보라를 뚫고 누군가의 등에
　　칼을 꽂았네

성녀는 점점 눈이 멀어갔다
행인들은 납작하게 작아져
털모자에 싸여 다니네
　　안녕하세요?

다만 창문으로 소녀를 보는 일이 중요한 일과가 되었으니
다만 눈이 멀기 전에 어릴 적 살던 동네를 보고 싶었으니

달리기만 하다가 늙어버린 사슴처럼
이상한 날들이었다
어릴 적 매일 다니던 길에서 왜 집을 찾지 못하는가
성당의 휘날리는 창문으로 매일 지켜보는 여자는 누구인가
스틱껌 하늘이 휘어지고

크리스마스가 오자
성녀는 더이상 아무것도 보지 못했다
그러나 아직 같은 길을 헤매고 이제

다만
다만

눈보라를 뚫고
점퍼 모자를 당겨 어둠을 가린 채 누군가의 등에 칼을 꽂는다
피 한 방울이 오래
떨어진다
영원한 일몰과 일출 사이로

먼 옛날부터 별을 쏘기 위해 당겨진 모든 화살들이
성녀를 향해 날아오고 있었다

구애자 프랑켄슈타인

죽어간다, 죽어간다, 그래서 누군가를 사랑한다 그래서 어쩐지 미안하지
눈밭에서 외투를 빼앗기 위해 쫓아가는 것 같아서

문 좀 닫아도 될까 밖에서 문을 잠그는 일은 어쩐지 미안해
흰색 에나멜이 칠해진 의자의 괴성을 나눠주는 것 같아서

수업시간에 쓴 유언장 제목만 짝에게 보여주고 어쩐지 세상 미안했어
그애에게도 써보라고 했지 돼지의 작은 눈동자가 뾰족하게 올라오는 종이에

혼자 불쑥 옮겨다니는 털 빠진 인형처럼 몰래 출몰하다가
어쩐지 미안하니 이상하지, 공허한 열기와 침묵으로
먼지 낀 표정으로
너희들의 키 큰 방향키에 녹슨 냄새로 매달려서

밀려날 대로 밀려난 밤
울고는
울음소리가 이상해서 다시 높여 운다

오늘 벌써

오늘이 아니라서

나쁜 냄새를 맡은 개여 함께 시들어가는구나 개의 이름으로

바다를 바라보는 공동묘지

안개가 도망치는 먼 곳

끔찍한 일이 일어나리라는 걸
친구는 의식하지 않지만

나는 진흙 위에서 발 한 걸음을 떼어올리듯
친구의 얼굴을 주워준다

화를 억지로 참고 있는 표정처럼 보이는데
겨드랑이를 펼치면 눈이 떨어질 거야

그러나 땅은 볼록해진다
서로 다른 어둠이 가득찬 세계가 높아지고

뒤쫓아오던 번호 없는 자동차가 멈추고
굳어가는 명멸 속에서
배 한 척이 메마른 어깨를 반쯤 드러낸 채

눈앞에서 모든 사물들이 천천히 멈춘다

휘청이는
폭풍

빛이 있어야 하는 시각이라고 말하자
친구는 어젯밤보다 더 어둡다고 말한다

우리는 얕은 수면에 비친 사람이
누구인지 모르겠다

밤이
떨어뜨린 빵 부스러기를 손끝으로 찍어 먹듯
아픈 심장들을 훔쳐가는 곳에서

어디에 있는가

배에 오르면
소리를 지르는 악마가
붉은 화농 자국처럼 가슴에 녹아 붙었다

석유풍로 앞에 모여
신음하는 모기들
꼬리가 자란 원숭이들
까슬한 시트 위 따뜻한 코카인향이 눕는다

그는 기다린다
올이 풀린 공기를 매만지며
연애처럼
뿔을 녹이는 신열, 춤추는 벽, 리삐리삐 라비라비

출항의 타종 소리, 오오
자유라는 말을 한 번도 생각한 적 없지만 자유로운
밤의
서늘한 귓속으로

계속하자. 굶주린 짐승들이여

과즙 칠한 원주민의
시선처럼

입으로 분 불화살처럼

윤기가 흐르는 검은 머리칼의 바다로
겨울의 하얀 이빨들은 투신하는데

뚱보 미용사와 마법의 인디오 여자와
그는 세 명의 사랑
언어의 무게를 견디며

제삼의 언어는 어디에 있는가, 리삐리삐 라비라비
그는 항해한다
보아뱀의 검은 입속으로 들어가는 배에서

언제나 배에서
오로지 배에서

호러 나이츠

동네 사람들이 죽을 때마다 태양을 마주보는 뜰은 빛났고 지팡이를 든 그는 늘 구경꾼들 속에 있었다 그의 표정은 우는 것도 같았고 웃는 것도 같았지만 사진 속에서는 그의 얼굴도 몸도 보이지 않았다 폭우가 쏟아지던 어느 날 집에 노크 소리가 울렸다 한 번, 또 한번

설거지통에 나를 씻다가 거품 구멍을 단 채 문으로 걸어갔다
아아 걸을 때마다 송곳니와 뿔에 자꾸만 부딪히는 이 집을 어서 떠나야겠어……

세번째 노크 소리를 기다렸다 문을 열며 열지 말걸 그랬구나 정직해졌지만 마당에는 그가 없었다 왜 그여야 하는지 모르면서 비가 내리는 마당에는 기어나가는 잡초들뿐이었다 내가 문을 닫기 전에 문은 먼저 닫혔다

그때 뒤에서 검은 옷장에 의자가 부딪히고 내 몸 어딘가에서 나오지 못하는 개들이 부딪힌다 나는 창문에 몸을 던져 네발로 도망쳤다 너무 빠르면 사진에 찍히지 않는 거구나 나는 단연코 빨랐다 이렇게 빠르게 달리면 언젠가 아침이 오겠지

피곤했다 밤을 버티면 아침이 개처럼 오는구나 나는 드러

누웠다 향기로운 야생화, 팔뚝에 닿는 이슬의 느낌…… 그런 나를 그가 위에서 보고 있었다 웃으려는지 울려는지 입을 씰룩거렸다 굴복하기 싫었다 그래서 먼저 잠에 굴복합니다 동네 사람들 여기요 여보세요 구경꾼들…… 나지막하게 숨소리가 사라져간다 태양을 마주보는 뜰이 슬며시 다시 빛나기 시작했다

나무가 견디는 법

눈썹에 하얀 손목을 올린 산처럼 점점이
슬픈 자세로 버티는 불안들

폭풍 속으로 사람들이 걸어가고
연기를 내뿜는 나무는
주위를 뛰어다니지

늙은 개가 배를 깔고 앉은 무덤
아기가 사라진 갈색 요람
발톱이 감춰진 채 버려진 털장갑
바닥보다 약간 높은 그 자리
주위를 나무는 뛰어다니지

아침의 하얀 거품덩어리가 떠돌 때 숲
몸집이 작은 멧돼지가 절룩이며 사라진 그 자리
쓰라린 무력감의 청년들이
숨을 거두지

부드럽게 떠도는 허물
주위를 나무들이 뛰어다니지
몸에 푸른 불을 지르며

메리 아침

밤은 스티커 사람들을
바닥에 붙였다가
떼는 것을 잊어버렸어요

모든 끝은 너덜해집니다
그것이 아침의 형태

음향이 햇빛 속으로 뒤섞여
비어가고
아침이 창문에서 흰자위를 굴립니다

지갑에서 돈을 빼듯
나의 하루를 부르는
아침이 뛰고 아침은 즐거워합니다 바람을 후후 불면서 확고한 아침

우리들 사이에는
체육복 가슴처럼 이름이 새겨지지 않아서
어느 바다에 뛰어들어도 좋습니다

꿈꾸듯이 컹컹거리면
입에서 나오는 것이 공백입니다

안녕을 위하여 두 손

안전한 두 손이
함께 기쁘다
서로 놓기 두려워서
이것과 이것을 고백하고

단정한 팔목이
스스로 힘이 없는 것을 알아서
손에게 약속을 속삭인다

손은 발랄해
어디에도 내리고
무엇에도 갈아타며
손이여

등을 두드렸다가
돌아보면 허름한 뒤통수를 보는
손이여 얼굴을 세수하다가
세척을 한다
샘솟는 손

바라보면 바라볼수록
두 손은
오래 닮는다

만나지 않을 수 없어서
만나고 손은 안녕을 위하여
있다

토끼의 센스 있는 우정

어제로부터
따뜻한 그림잣빛 토끼가
주머니를 입에 물어온다

내가 버렸던 어제가
천조각 속에서
팔꿈치를 밀고 천천히 무릎을 펴는

병색이 짙어가는 정오의 얼굴 아래
그야말로 은혜로운 눈알로
토끼는 묻는다

너와 나의 차이가 있을까?

의심해봐
지울 수 있다는 믿음으로 우유를 쓸고 있는 빗자루를
발자국을 지우는 허공을

지금도 따뜻하다

너는 빛에 달려드는 나방의 욕망처럼
몸에 불을 지르고
목소리를 가진 그림잣빛 토끼

그리고 너는 나를 태워버린다
내가 말하려는 순간에

멸

공중제비를 넘는 소녀가
등받이 없는 작은 의자를 짚고
공중으로 사라진 시간

나는 너를 위해 아코디언을 연주해
나무의 곡선에서 새어나오는 푸른 비명을 들어봐
어린 아카시아에서는 숨막히는 열기

숲의 기침을 들을 것,
흙의 눈동자들이 떠오르네

악기의 마지막 진동은 날아
불타는 구름으로
머리 위 떠다니는 안개의 갈라진 등으로
성당의 녹색 지붕에 매달린 울음으로

땅속에 누운 너는 누구의 하얀 발톱을 쓰다듬는가
너의 이름을 훔쳐간 야생 고양이
새벽의 흰 팔을 자른 보병
개구리의 노란 눈을 가진 견고한 영혼들

공중에서 검은 우산들이 눈물처럼 내려와서
나는 너를 위해 아코디언을 연주해

적어도 너에게는 잊히지 않기를
지금 폭발하는 이 숲이

해설

기록하는 얼굴

소유정(문학평론가)

1. 끝내지 못한 세계

무슨 일이 일어난 걸까. 김향지가 그리는 세계는 한 번 멸망을 맞이했던 것처럼 황폐하다. 하지만 이 세계의 어떤 틈 사이에는 완전한 끝을 맞이하지 못하고 끝이 오지 않은 상태로 머물러 있는 것들이 있다. 계속해서 무언가 시작되어 이어지고 있는, 마치 아침이 오지 않는 밤처럼 영원히 끝이 없는 듯 말이다. 누군가는 말한다. "어떤 것도 끝내지 못한" "우리는 실패를 보여주는 하나의 사례"(「스무 살의 크리스마스」)라고. 그러나 이를 단순히 '우리'만의 문제라고 할 수 있을까. 실패의 원인은 '우리'에게 있는 것이 아니라, 이 세계에 있을 수 있다. 어쩌면 이 세계 자체가 실패일지도 모른다. 어째서 이러한 모습인 걸까. 잠시 현실의 세계를 생각해보자. 이 책이 2010년대 초반 활동을 시작하여 이제 막 첫 시집을 묶은 이의 것이라는 사실을 되새기고, 십 년에 가까운 시간 동안 시인이 감각한 세계를 헤아려본다면 조금은 수긍하게 될지도 모르겠다. 김향지의 세계는 SF, 동화와 같은 비현실적 요소 때문에 얼핏 우리의 현실과 유리되어 있는 것처럼 보인다. 하지만 끝나지 않은 장면들의 연속으로 이루어져 있으며, 끝이 보이지 않으나 어떻게 끝내야 할지 짐작할 수 없다는 점에서 현실과 맞닿아 있다. 그러한 세계에 대한 불안은 지난 십 년간 수시로 우리를 찾아온 감정이기도 했다. 그렇다면 짧지 않은 시간 동안 그는 어디에서 이 모습을 바라봐왔던 걸까. 김향지의 세계에서 말하는 이의 목소리는 어딘가 먼 곳에서 조심스럽게 속삭이는 것처럼 느껴진다. 그의 시선 역시 마찬가지다. 척박한 땅 위에서 그의 흔적을 발견하는 일은 쉽지 않았지만, 시집 어딘가에 남은 그의 자취를 따라 다음의 시에 도달할 수 있었다.

세계의 꼭짓점들이 달아났다
어느 날 도형에서
시작에서
누군가 살았다는 느낌에서

오래된 숲들은
그것을 영원히 내리는 눈이라 불렀다

(……)

알 것 같군
벙커 주인은 끄덕이고
아무도 정체를 모르는 이곳이 되기로
한다. 영원히 찾아야 하는 세계가 되어간다

생존가방에 실오라기 하나 걸치지 않고 떨고 있는 꿈과
질문과

시집 코너에 잘못 꽂혀 있던 빛을 챙길 것

차가운 것들의 방향이라든가
방독문에 달린 커다란 휠의
방향을 접어
뒷주머니에 구겨넣고

그는 손을 벗어
시린 진심으로만 남는다

무언가 시작되었군

밤의 마침표에서
기쁨도 검정이었던 어느 가슴에서

그는 끄덕였다

—「벙커 주인은 귀를 기울이는 배경같이」 부분

모든 굴레로부터 "세계의 꼭짓점들이 달아"나 허물어진 세계를 바라보는 사람이 있다. 그가 있는 "아무도 정체를 모르는 이곳"은 정황으로 유추해볼 때 지하 벙커인 것 같다. 그가 "지상으로 향하는 큰 창문"으로 건너다보는 세계는 이미 "영원히 찾아야 하는 세계"로 변모한 지 오래다. 그렇다면 무엇을 찾아야 하는가? 그는 무엇을 잃어버린 걸까? 물음이 피어날 즈음 바깥의 세계를 관망하던 그는 무언가를 눈치챘다는 듯 "알 것 같"다고 중얼거리고 고개를 끄덕이기도 하며 요동하는 세계를 감지한다. 그것은 그가 움직여야 한다는 일종의 신호로 작용하는 것처럼 보이는데, "아무도 정체를 모르는 이곳이 되기로/ 한다"는 선택이나, 감지 이후 "생존가방"을 꾸리는 모습에서 그가 곧 벙커를 벗어나 지상으로 향할 것임이 짐작되기 때문이다. 그가 생존가방에 챙긴 것은 "꿈" "질문" "빛"으로, 생명의 연장과는 아무 관련이 없어 보이지만 '나'라는 하나의 주체를 위해서는 꼭 필요한 것이기도 했다. 잊지 말아야 할 "방향"까지 주머니에 넣은 그가 또 한번 시작되는 세계를 감각한다. 이제 준비는 끝났다. 커져가는 바깥으로 나가야만 한다. 벙커 밖의 세상은 어떠한가.

2. 21세기 노아의 유랑기

지하 벙커에서 나와 조심스레 지상으로 발을 내딛는 이는 「창세기」의 노아와 닮아 있다. 대홍수를 예언한 신의 계시에 따라 방주를 만들고 홍수가 지나간 후 마침내 방주에서 나오는 노아의 모습과 김향지의 시적 화자의 모습이 겹쳐지는 것이다. 그도 그럴 것이 시집에는 '방주'를 제목으로 하는 시(「빅 사이즈 방주」)가 수록되어 있기도 하고, 또다른 시에서는 노아가 육지를 디딜 때를 연상케 하는 서술("언젠가 배에서 내려 단단한 땅을 내디뎠을 때", 「무언가」) 또한 있기 때문이다. 만약 그가 노아와 같다면 방주에서 나왔을 때 보이는 풍경마저도 같을까? 모든 생명이 사라져버리고 오직 그만이 남아 있는 세계인 걸까? 지금 그의 눈앞에 보이는 세계는 지하 벙커의 창문 너머로 보던 대로 황폐하지만, 그가 멀리서도 어떤 움직임을 감지했던 것처럼 아직 '무언가'는 남아 있다.

어김없는 하늘은
나의 하늘이 되기에는 **무언가** 아름다운 색

언젠가 배에서 내려 단단한 땅을 내디뎠을 때
무언가를 상실한 샘들이 있어요
오래도록 무두질하고 손질한

주황,
초록,
무언가

왜 포도무늬 사탕 비닐 포장지를 벗기면서
지금껏 본 적 없는 **무언가**를 기다리는지 몰라요

바스락거리는 생을 구겨서 아무데나 못 버리는지 몰라요

전말과 함께 눈에 덮인 작은 새가
무언가 말해줄 수 있다면

커다란 주먹이 돋아난 슬픔에게 자꾸 으깨지던 까닭을
어떤 가슴이 오래전에 묻힌 이유를
아나요? **무언가**를, 나의 불 꺼진 계절을 반죽하던 손들을

그것을 찾아

무언가를 평생 읽었어요
무언가를 잡고 놓쳤어요

—「무언가」 전문(강조는 인용자)

위의 시에서 "무언가"는 색이나 생, 읽었던 것, 잡고 있던 것, 본 적 없지만 기다리는 것으로, 구체적으로 서술되지 않는 대상을 가리킨다. 그것은 모두 "무언가"로만 통칭될 뿐 어떤 것인지 또는 어떤 속성을 가지고 있는지에 대해서는 알 수가 없다. 지하 벙커에서 너무 오랜 시간을 보냈기 때문일까? 김향지의 시에서 "무언가"는 특정할 수 있는 대상을 가리키는 것이기도 하지만, 언어적 형식 안에서 명확하게 표

현되지 않는 상태를 의미하는 말이기도 하다. 가령 "무언가 말하기 어려워진 얼굴"(「드라이브」)로 "할말을 찾기 못해 흐느끼"(「마테르 돌로로사」)다가, "말하고 싶은 것과 말할 수 있는 것을/ 삭제하고"(「지구에서 발견된 필름—모험」) "아무에게도 말할 수 없었다고/ 쓰면/ 위로가 될 수 있다"(「파라다이스」)고 긍정하는 식으로, 명확히 말하지 못하는 화자에 대한 여러 정황을 시집 곳곳에서 확인할 수 있다. 그런데 이는 '나'라는 시적 주체의 상태와 긴밀하게 연결된다. 언어는 주체를 형성하는 가장 중요한 요소 중 하나이자 생산적인 주체를 끊임없이 배양할 수 있는 도구일 것인데, 그가 "무언가"가 과연 무엇인지 정확히 설명할 수 없는 상태에 있다는 것은 주체의 언어가 상실되었다는 증거와 다름 아니다. 그것은 물론 '나'의 주체성 역시 상실되었다는 의미이기도 할 것이다. 그렇기에 "왜 포도무늬 사탕 비닐 포장지를 벗기면서/ 지금껏 본 적 없는 무언가를 기다리는지 몰라요/ 바스락거리는 생을 구겨서 아무데나 못 버리는지 몰라요"라는 말은 알맹이 없이 남아 있는 사탕 껍질 같은 '나' 자신에 대한 고백이기도 하다. 사실 '나'는 "바스락거리는 생"을 살고 있지만 왜 생을 버리지 못하는지, 버리지 못하고 무언가를 기다리고 있는지를 모르기 때문에 그 "무언가"를 찾아야만 하는 것이다. 그것이 '나'의 언어이며 '나' 자신을 이루는 것이라면, 지하 벙커에서 감각했던 "영원히 찾아야 하는 세계"(「벙커 주인은 귀를 기울이는 배경같이」)는 곧 잃어버린 '나'

를 찾아야 하는 세계와 같다. 그러므로 이 시집은 잃어버린 “무언가”를 찾기 위한, “무언가”를 정확하게 표현할 수 있는 ‘나’의 언어와 “무언가”를 말하고 싶고, 말해야 하는 ‘나’의 조각들을 발견하기 위한 유랑기이다. 그가 단단히 쥐고 있는 생존가방에 챙긴 것들이 어째서 필요한 것인지 이제야 조금 이해가 가기도 한다. 꿈과 질문과 빛은 생명 유지를 위해서가 아닌 생 그 자체, 즉 주체의 현존을 위해서 필요한 것이기 때문이다.

3. ‘나’의 기표로서의 페르소나

이 유랑기를 읽는 일이 즐거운 까닭은 시적 주체가 선형적 시간의 흐름을 거꾸로 거슬러올라가는 것으로 자신을 되짚을 뿐만 아니라 현실과 환상의 경계까지 넘나들고 있기 때문이다. 비현실적 이미지를 선명하게 만드는 것 중에는 「지구에서 발견된 필름」 연작처럼 지금과 시공간적으로 멀리 떨어진 곳에서 시를 읽고 있는 듯한 생경한 감각을 선사하는 시편들이 있다. 흑백무성, 하드보일드, 모험, SF, 호러와 같이 영화 장르를 부제로 삼은 것에서 알 수 있듯, 낯선 감각의 구현은 필름이라는 영화 형식의 차용으로 이루어지기에 더욱 효과적이다. 김향지의 시가 비현실적으로 느껴지는 또 한 가지 원인은 동화적인 장면이 수차례 등장한다는

데 있다. 「옛날식 잡화점이 열린다면」 「홍대 앞에서 안네의 시간을 사세요」 「파트라슈 달리다」와 같은 다수의 시편에서 시의 배경이 동화적으로 표현되기도 하거니와 '나'와 닮은 듯한 페르소나의 이미지가 동화 속 인물로 구현되기도 한다. 예를 들어 「페르소나들」에서는 "내가 함께 있어요"라고 말하며 여러 명의 페르소나를 등장시키고 있는데 "빨갛게 튼 볼에 성냥을 그어 촛불을 밝히는 여자아이"나 "이 땅에 배회하는 말 못하는 인어공주"처럼 동화 속 인물들이 눈에 띈다. 이처럼 화자가 직접적으로 여러 페르소나의 이미지를 꺼내 보이는 것으로 우리는 앞서 짐작했던 '나'의 주체성 상실을 확인할 수 있다. '나'라는 주체의 기의 없음이 곧 페르소나라는 기표를 떠돌게 하는 것이다. 그런데 그가 자신과 함께 있다고 말하는 페르소나가 대부분 '소녀'라는 점은 주목을 요한다. 그러고 보면 김향지의 시에서 소녀로 지칭되는 인물은 꽤 여러 번 등장하는데, 그것은 아마도 소녀의 연령에 해당하는 유년 시절이 시적 주체가 찾아야 하는 '나'의 모습과 일치하기 때문일 것이다. 시집 안에서 소녀의 이야기와 병치되는 파편적인 유년의 기억이 이를 증명하는 듯하다. 가령 "여름의 끝"을 향해 "학교 복도"를 홀로 걷는 장면이나(「단지 여름의 끝」), "교정을 에워싼 늦은 저녁 벤치 양 끝에 앉아" 있는 장면(「너를 만날 수 있을까」)을 떠올리는 것처럼 말이다. 유년의 기억이 하나둘 떠오름에 따라 "나는 너를 다시 만날 수 있을까"(「너를 만날 수 있을까」) 하고 묻는다. 만날 수 있을까? 만나기 위해서는 어디로 가야 할까. 실마리를 찾기 위해 또하나의 기억을 꺼내본다.

1
앉아 무릎을 감싸면
팔 안쪽에서 웃자라던 차가운 언어들이
따뜻해지기도 했다

삼켜야 하는 기침처럼
서둘러 지운 다짐들을
혼자 손끝으로 몰래 닦아보면

따뜻한 비가
우리의 온도와 맞는다는
인사를 누군가에게 전하고 싶고

사람들이 실은
아름다운 것을 늘 사랑했다는
기침 같은 고백일 수 있겠다

단지 어느 너머에
발 디딘 날

2

가장 기분좋은 표정을 짓고
누가 봤을까봐
세계를 기웃 보며
서둘러 기분을 잃어버렸다고

미안하다고
한 번쯤 말해줘야 할 내가
많은 꿈에 있다

그늘에서 마르지 못한 기분이
기침으로 나왔다고
고백해도 좋다면

그런 낮에는
철봉에 거꾸로 매달려 웃는 아이의 얼굴이
신 같았다

—「기침」 전문

"팔 안쪽에서 웃자라던 차가운 언어들"에 온기를 나눠준 것은 오직 '나'뿐이었다. 감싸주는 이 없이도 "무릎을 감싸" 안는 것으로. 화자가 따뜻한 온도를 가진 언어로 하고 싶은 말은 무엇이었을까. 그것은 "따뜻한 비가/ 우리의 온도와 맞는다는/ 인사"이고, "그늘에서 마르지 못한 기분이/ 기침으로 나왔다"는 "고백"이다. 하지만 그중에서도 제일 분명한 건 "가장 기분좋은 표정"이었다가도 세계를 보고는 "서둘러 기분을 잃어버렸다고" 해야 했던 '나'에게 한 번은 하고 싶은 사과였다. 이렇듯 화자가 "미안하다"는 말을 건네고 싶은 수많은 '나'가 모인 곳은 다름 아닌 꿈이다. "많은 꿈" 속을 유영해야만 '나'는 '나'를 만날 수 있다. 필요한 것은 생존가방에 챙긴 "실오라기 하나 걸치지 않고 떨고 있는 꿈"이다. "차가운 언어들"에 그랬던 것처럼 이제는 꿈을 감싸안을 차례다. 아직 남은 온기가 있다면 꿈에 나누어줄 수 있기를, 그리하여 잠들 수 있기를 바라며.

4. 설명할 수 있는 무언가

"나는 너를 다시 만날 수 있을까 거친 풀들이 커져서 얼굴을 제멋대로 스치는데"(「너를 만날 수 있을까」). 그런 중얼거림으로 닿은 곳엔 알 수 없는 수많은 얼굴들이 있다. 커진 풀들이 제멋대로 얼굴을 스치는 바람에 제대로 알아볼 수 없는 얼굴들이 있다. 투명해지는 얼굴(「목덜미에 봄이 가장 늦게 오는 동안」), 사라지는 얼굴(「미로와 함께」), 감추는 얼굴(「단지 여름의 끝」)과 같이 많은 시편에서 희미해지는 얼굴의 이미지가 산발적으로 나타난다. 그런데 영영 알아볼 수 없는 얼굴이라면, 그 안에 담긴 것이 무엇인지를 놓치고 만다면 '나'의 여정은 끝나지 않을 것이다. 다시금 사과를 건네고 싶던 '나'의 모습을 떠올려본다. 기분좋은 표정을 짓다가도 이내 기분을 지워버린 얼굴이었다. 그렇다면 지금의 '나'는 "얼굴에서 바닥으로 떨어지는 표정"(「스무 살의 크리스마스」)을 주워 그것을 마주해야 할 것이다. '나'와 다른 얼굴들을 세심하게 살필 때, 따뜻한 온도를 가진 언어는 다시금 '나'를 찾아온다. "얼굴에 **무언가** 떠오르는 걸/ 꾹 누른다// 따뜻하고 건조한 지난 계절의 바람이었다고 입력한다"(「굿 럭, 로봇」, 강조는 인용자). 좀처럼 말할 수 없던 '무언가'는 이제 '따뜻하고 건조한 지난 계절의 바람'과 같이 구체적인 언어의 옷을 입게 되었다. 그는 이제 더이상 아무것도 잃어버리지 않은 기분으로 또다른 얼굴을 본다.

떨어지는 것들은 모두 서투르다
우산은 손에서 떨어지며
등졌던 눈들의 아름다움을 본다

휘청이는 기분
하나의 컵에 두 개의 빨대를 꽂고
같은 세계를 맛보는 기분
얼굴과 얼굴이 머무르는 기분

눈이 눈에서 떨어지며
다시 서로에게 속하지 못한 사이가 되면
빈 공간은 표정으로 채워진다

서투른 것들은 모두 떨어진다
누군가 내리는 소리가
온 마음을 메우고 있다

오래 기다려도 좋다
가까스로 손이 생긴다

—「눈사람의 사랑」 전문

"얼굴에서 바닥으로 떨어지는 표정"이 그랬듯 이 시에서는 "떨어지는 것들은 모두 서투르다"고 말한다. 하지만 서툴게 떨어지기에 미처 발견하지 못했던 "아름다움"도 볼 수 있는 게 아닐까. 그렇게 들여다볼 때 우리는 "하나의 컵에 두 개의 빨대를 꽂고/ 같은 세계를 맛보는 기분/ 얼굴과 얼굴이 머무르는 기분"을 느낄 수 있다. 더는 떨어지지 않고 얼굴과 얼굴이 "같은 세계"에 있음을 실감할 수 있다. 무언가 충만하게 차오르는 느낌은 단지 기분만이 아니다. "빈 공간"을 채우는 "표정"과 "온 마음을 메우"는 "누군가 내리는 소리"가 있기에 화자는 비로소 얼굴을, '나' 자신을 되찾는다.

잃어버린 것을 찾기 위해 그는 얼마나 많은 궤적을 더듬었나. 꿈, 언어, 기억, 기분, 얼굴, 표정 그리고 '나'. 그것들을 하나씩 짚어볼 때마다 점점 선명해지는 생의 감각은 책장 너머의 우리에게도 전해졌음이 분명하다. 이제 그는 말하는 '나'를 되찾음과 동시에 손을 얻었다. 그 손으로 "말하고 싶은 것과 말할 수 있는 것"(「지구에서 발견된 필름—모험」)을 더는 지우지 않고 써내려갈 수 있기를. 끝내지 못한 세계에 대한 김향지의 다음 기록을 기다린다.

김향지 1983년 부산에서 태어나 2013년 현대시학 신인상으로 등단했다. 성균관대학교 컴퓨터교육과와 국어국문학과를 졸업하고, 동국대학교 영상대학원에서 영화시나리오 석사학위를 받았다.

문학동네시인선 154
얼굴이 얼굴을 켜는 음악

초판 인쇄 2021년 4월 5일
초판 발행 2021년 4월 12일

지은이 | 김향지
책임편집 | 김영수
편집 | 이재현 강윤정
디자인 | 수류산방(樹流山房)
본문 디자인 | 유현아
마케팅 | 정민호 이숙재 우상욱 정경주
홍보 | 김희숙 김상만 함유지 김현지 이소정 이미희 박지원
제작 | 강신은 김동욱 임현식
제작처 | 영신사

펴낸곳 | (주)문학동네
펴낸이 | 염현숙
출판등록 | 1993년 10월 22일 제406-2003-000045호
주소 | 10881 경기도 파주시 회동길 210
전자우편 | editor@munhak.com
대표전화 | 031) 955-8888 팩스 | 031) 955-8855
문의전화 | 031) 955-3578(마케팅), 031) 955-8865(편집)
문학동네카페 | http://cafe.naver.com/mhdn
트위터 | @munhakdongne
북클럽문학동네 | http://bookclubmunhak.com

ISBN 978-89-546-7860-5 03810

잘못된 책은 구입하신 서점에서 교환해드립니다.
기타 교환 문의: 031) 955-2661, 3580

www.munhak.com

문학동네